AF258401